SUCCESSION DE Mme LA V^{tesse} DE BRÈCHE

VENTE

Des Lundi 23, Mardi 24 et Mercredi 25 Février 1885,

HOTEL DROUOT, SALLE N° 2,

TABLEAUX ANCIENS

MEUBLES

BRONZES, PORCELAINES, ETC.

EXPOSITION PUBLIQUE

LE DIMANCHE 22 FÉVRIER 1885

DE 1 HEURE A 5 HEURES

COMMISSAIRE-PRISEUR

Me FÉLIX ALBINET

84, rue de Maubeuge, 84.

EXPERT

M. E. FÉRAL, PEINTRE

54, rue Faubourg-Montmartre, 54.

CATALOGUE

DE

TABLEAUX ANCIENS

DES ÉCOLES

Française, Italienne, Flamande et Hollandaise

Provenant de la Succession de Mme la V^{tesse} de Bréche

DONT LA VENTE AURA LIEU

HOTEL DROUOT, SALLE N° 2

Les Lundi 23, Mardi 24 et Mercredi 25 Février 1885

A DEUX HEURES.

Par le ministère de **Me Félix ALBINET,** Commissaire-Priseur,
84, rue de Maubeuge;

Assisté de **M. E. FÉRAL,** Peintre-Expert, 54, Faubourg-Montmartre.

Chez lesquels se trouve le présent Catalogue.

EXPOSITION PUBLIQUE

Le Dimanche 22 février 1885, de une heure à cinq heures.

CONDITIONS DE LA VENTE

Elle sera faite au comptant.

Les acquéreurs payeront, en sus des adjudications, *cinq pour cent* applicables aux frais.

Paris. — Typ. PILLET et DUMOULIN, 5, rue des Grands-Augustins.

DÉSIGNATION

TABLEAUX ANCIENS

ALLORI (Francesco)

1 — La Vierge, l'Enfant Jésus, sainte Anne et saint Jean.

Peinture d'un beau style.

ANDREA DEL SARTO (D'après)

2 — La Vierge, l'Enfant Jésus et saint Jean.

BEAUBRUN

3 — Portrait de la duchesse de Chevreuse.

Assise, vue jusqu'aux genoux, elle tient une corbeille de fleurs.

BOURDON (Genre de Séb.)

4 — La présentation au Temple.

BREDEL (Le chevalier)

(DEUX PENDANTS)

5 — Batailles.

BREDEL (Le chevalier)

(DEUX PENDANTS)

6 — Batailles.

BREUGHEL (Genre de)

7 — Paysage accidenté avec cavaliers.

BREUGHEL (Genre de)

8 — Paysage avec nombreux personnages.

Effet de neige.

BRIL (Genre de P.)

9 — Paysage.

BRONZINO (Genre de)

10 — Portrait d'une Dame avec sa fille.

Vue jusqu'aux genoux, richement vêtue, elle tient à la main gauche son mouchoir; sa petite fille, placée à sa droite, joue avec les bijoux qui ornent la robe de sa mère.

CARAVAGE

11 — Saint Charles de Borromée baisant une croix que lui présente l'Enfant Jésus.

CABEL (Van der)

12 — Combat naval.

CABEL (Van der)

13 — Port en ruine.

Soleil couchant.

CLOUET (École des)

14 — Portrait présumé de Catherine de Médicis.

DE PAAL

15 — Paysage.
>> Effet de soleil couchant.

DOLCI (École de Carlo)

16 — Saint François baisant la main de l'Enfant Jésus.

DOW (Genre de)

17 — Un Buveur.

DUCHATEL

18 — Une Maison de jeux.

DROOGSLOOT

19 — Paysage avec personnages.

DYCK (Genre de Van)

20 — Portrait d'un Seigneur assis dans un fauteuil, et regardant vers la droite.

FLINCK (Govaert)

21 — Portraits présumés des enfants de Jean-Maurice de Nassau.

Ils sont dans un paysage ; les deux plus jeunes, vêtus de blanc et tenant des fleurs, sont montés sur un char traîné par une chèvre, qu'un de leurs frères plus âgé tient par la bride ; l'aîné est debout, derrière le char. Dans le ciel, plusieurs autres enfants, assis sur des 'nuages, font de la musique.
Composition importante.

FLINCK (Genre de G.)

22 — Vieillard assis tenant une canne.

FRANCK (Sébastien)

23 — Le Serpent d'airain.

Bonne peinture, dans un cadre sculpté.

FRANCK

24 — Sujet religieux.

Au centre, l'adoration des mages, entourée de douze médaillons représentant différents sujets religieux.

FRANCK

25 — Le Christ conduit au Calvaire.

FRANCK

26 — Le Calvaire.

Importante composition.

FRANCK ET VAN KESSEL

27 — Guirlande de Fleurs.

Au centre, la Vierge, l'Enfant Jésus et un ange.

FRANCK ET VAN KESSEL

28 — Guirlande de Fleurs.

Au centre, l'Enfant Jésus debout.

GOLTZIUS (Genre de)

29 — La Vierge assise dans un paysage tenant l'Enfant Jésus; à gauche, un ange lui présente une grenade.

GREUZE (Ecole de)

30 — Jeune femme en buste.

GUIDO RENI (D'après)

31 — Saint Michel terrassant le démon.

HONTHORST

32 — Deux vieillards vus à mi-corps.

KESSEL (J. VAN)

33 — Le Lion jugeant les animaux.
(*Les Animaux malades de la peste*) fable de
La Fontaine.

LACROIX (Genre de)

34 — Marine.

LAIRESSE (Genre de G. DE)

35 — Moïse sauvé des eaux.

MARIO DI FIORI

36 — Guirlande de Fleurs.

Au centre, la sainte Famille.

MICHAU (Genre de)

(DEUX PENDANTS)

37 — Ports de mer avec nombreux personnages.

MIEL (JEAN)

38 — Bohémiens au repos.

MILLET (FRANCISQUE)

39 — Le Buisson ardent.

NATTIER (Ecole de)

40 — Portrait présumé de la princesse de Rohan-
Guéménée.

NEER (Genre d'EGLON VAN DER)

41 — Le Sculpteur et son élève.

NEER (Genre d'ART. VAN DER)

42 — Vue de Hollande.

Effet de clair de lune.

PATER (D'après)

43 — Jeunes femmes se baignant auprès d'une fontaine.

PATER (D'après)

44 — Le Baiser donné.

Sujet gravé.

PIAZZETTA

45 — Un Mendiant.

POELENBURG (Corneille van)

(DEUX PENDANTS)

46 — Baigneuses dans des paysages auprès de constructions en ruines.

Bons tableaux, finement peints.

PORBUS (Attribué à)

47 — Portrait d'une fille d'Henri IV.

PORBUS (École de)

48 — Portrait de jeune femme tenant un chien.

PRIMATICE (Genre du)

49 — Le Christ, entouré de ses disciples, rendant la vue à un aveugle.

RAOUX (Genre de)

50 — L'Education de la Vierge.

ROSSO (Ecole du)

51 — Composition allégorique avec nombreux sujets; au centre, la roue de la Fortune.

ROOS DE TIVOLI (Genre de)

52 — Bergers en marche, suivis de leurs troupeaux.

ROTTENHAMER

53 — L'Adoration des bergers.

Peinture sur cuivre.

RUBENS (D'après P.-P.)

54 — Le Jardin d'amour.

Bonne copie ancienne du tableau du musee de Madrid.

RUYSDAEL (Genre de Jacques)

55 — Paysage avec cours d'eau tombant en cascade.

Effet de clair de lune.

RUYSDAEL (Genre de)

56 — Paysage avec torrent coulant entre des rochers.

SAVERY (Roland)

57 — Orphée charmant les animaux.

SCHOEVAERDTS

58 — Villageois en voyage suivis de leurs bestiaux.

SCHOREL

59 — La Vierge, l'Enfant Jésus et saint Jean.

SOLIMÈNE

60 — Sujet religieux.

Représentant sainte Thérèse montant au ciel, entourée d'anges et accompagnée d'un saint évêque.

SOLIMÈNE

61 — Sujet religieux.

Esquisse pour un plafond.

STELLA (Jacques)

(DEUX PENDANTS)

62 — L'Adoration des bergers.
La Présentation au temple.

Charmants petits tableaux de forme ronde,
d'une remarquable finesse d'exécution.

TASSI (Attribué à)

63 — Paysage.

Au premier plan, l'ange et Tobie.
Tableau de forme ronde.

TENIERS (D'après)

64 — Les Buveurs.

VAN LOO

65 — Portrait d'une princesse.

> Vue à mi-corps et couverte d'un manteau grenat fleurdelisé.

VAN LOO (Genre de)

66 — Portrait d'une dame tenant un épagneul.

VERHAGHEN (Pierre)

67 — Portrait de Marie-Thérèse, impératrice d'Autriche et reine de Hongrie, mère de Marie-Antoinette.

VÉRONÈSE (D'après P.)

68 — La mort d'Adonis.

VICKENBOOM (Genre de)

69 — Kermesse.

> Importante composition animée par une multitude de personnages.

VIGÉE LE BRUN (Genre de Mme)

70 — Jeune femme assise devant son bureau.

VOIRIOT

71 — Portrait de jeune femme.

Toile ovale.

VOUET

72 — La Vierge, l'Enfant Jésus et un ange.

ZORG (Genre de)

73 — Intérieur de Tabagie.

ECOLE ALLEMANDE (xve SIÈCLE)

74 — L'adoration des Mages.

ECOLE ALLEMANDE

75 — Le Couronnement de la Vierge.

Tableau sur bois formant le dessus d'un maître-autel.

ECOLE ALLEMANDE (xvie SIÈCLE)

76 — Personnages religieux.

Au-dessus, la Vierge entourée de plusieurs saints.

Forme cintrée du haut.

ECOLE ESPAGNOLE

77 — Sujet religieux.

ECOLE ESPAGNOLE

(DEUX PENDANTS)

78 — L'Assomption de la Vierge.

Peintures sur cuivre, de forme ronde.

ECOLE ESPAGNOLE

79 — L'Assomption de la Vierge.

ECOLE ESPAGNOLE

80 — Bohémiens disant la bonne aventure à un jeune Seigneur.

ECOLE ESPAGNOLE

81 — Le Petit joueur de cornemuse.

ECOLE FLAMANDE

82 — L'Adoration des bergers.

Cuivre.

ECOLE FLAMANDE

83 — La Vierge et l'Enfant Jésus.

ECOLE FLAMANDE
(XVIIᵉ SIÈCLE)

84 — La Vierge assise tenant l'Enfant Jésus sur
ses genoux; à gauche, saint Jean lui présente
son agneau.

ECOLE FLAMANDE (XVIIᵉ SIÈCLE)
(SUJETS RELIGIEUX)

85 — Deux pendants ayant chacun quatre sujets
dans le même cadre.

ECOLE FLAMANDE

86 — Louis le Mâle, comte de Flandre.

ECOLE FLAMANDE

87 — Chasseurs et leurs chiens attaquant un san-
glier.

ECOLE FLORENTINE

88 — Une Fête publique, à Florence.

ECOLE FRANÇAISE

89 — Portrait d'une princesse.

ECOLE FRANÇAISE

90 — Portrait d'un Seigneur assis dans un paysage.

ECOLE FRANÇAISE

91 — Portrait du maréchal d'Ancre.

ECOLE FRANÇAISE

92 — Portrait présumé de Mme la comtesse du Barry en gentilhomme.

ECOLE FRANÇAISE

93 — Portrait présumé de Benscrade.
Toile ovale.

ECOLE FRANÇAISE

94 — Portrait présumé de la reine Marie-Amélie.

ECOLE FRANÇAISE

95 — Portrait de Mme la princesse Adélaïde.

ECOLE FRANÇAISE

96 — Portrait de jeune femme assise dans un paysage; près d'elle un amour lui offrant une fleur.

ECOLE FRANÇAISE

97 — Le sommeil de l'Amour.

ECOLE FRANÇAISE

(DEUX PENDANTS)

98 — Paysages.

ECOLE FRANÇAISE

99 — Portrait de jeune femme.

Pastel.

ECOLE HOLLANDAISE

100 — Flore.

ECOLE HOLLANDAISE

101 — Les Joueurs de ballon.

ECOLE HOLLANDAISE

102 — Le Joueur de vielle.

Bois de forme ronde.

ECOLE HOLLANDAISE

103 — Villageois devant leur demeure.

ECOLE HOLLANDAISE

104 — Paysage avec figures et animaux.

ECOLE HOLLANDAISE

105 — Paysage.

Sur la droite, des gentilshommes longeant un chemin bordé de grands arbres.

ECOLE ITALIENNE

106 — Jeune femme debout tenant un verre et portant un panier de fruits.

ECOLE ITALIENNE (xvii° siècle)

107 — La Vierge et l'Enfant Jésus au repos.

Près d'eux, quatre petits anges.

ECOLE ITALIENNE

108 — Trois Saints personnages.

ECOLE GRECO-RUSSE

109 — La Vierge et l'Enfant.

ECOLE RUSSE

110 — La Vierge et l'Enfant Jésus entourés d'une plaque argentée découpée avec rayons autour des têtes.

ECOLE FRANÇAISE MODERNE

111 — Portrait en buste de Mgr le duc de Bordeaux.

ECOLE MODERNE

112 — Portrait de petite fille tenant des cerises.

ECOLE MODERNE

113 — Le petit joueur de Mandoline.

INCONNU

114 — Le Baptême de Jésus-Christ.

INCONNU

115 — Portrait d'un seigneur vu à mi-corps.

116 — Sous ce numéro qui sera divisé, cinq portraits de l'Ecole française.

117 — Quatre paysages.

118 — Sous ce numéro qui sera divisé, dix tableaux sujets religieux et autres.

119 — Sous ce numéro seront vendus environ vingt-cinq tableaux non catalogués.